もしこの世が闇になっても、月はかがやく

蔵前ざくろ

KURAMAE ZAKURO

文芸社

もくじ

庭には二羽ニワトリがいる

「このへんもボロくなってきたな。」

こっこっこっこっこっ。

「まったく、毎日、毎日、よくやるよ。」

こっこっこっこっこっ。

「げっ、檻から顔出しやがった。」

こっこっこっこっこっ。

「いてっ。つつくんじゃねえ。」

こっこっこっこっこっ。

「どうせ、お前らなんか、そこから一生、出られないんだからな。」

こっこっこっこっこっ。

「出るときは死んだときだ。ざまあみろ。」

しばし、沈黙が流れた。

「なんだよ、なんかもんくあるのかよ。」

男はそう言うと、ドカッと檻を蹴り上げて去っていった。

こっこっこっこっこっ。

こけーっこっこっこっ。

ちゅんちゅん。

すずめが鳴き始めた。

そんな物音に気づきもせずに、男は開け放たれた障子のそばで、があがあいびきをかいて寝ていた。

その背中から約五メートル、しげった青草の上になにかいた。

頭には赤いぷるぷるしたものを揺らし、目はせわしなく、かくかくした足の動きで、くちばしは石でさえ砕いてしまいそうなほど硬い。体は白くふわふわして、がんばればいつでも飛べますと言いたげだ。ただ、悲しいことに、オシリのあたりはふんできたなくなっていた。

それもいたしかたない。ここの一万羽いるニワトリの一羽に過ぎないのだから。

その一羽のニワトリはしばらくの間、青草を一心不乱にちぎっては食べ、ちぎっては食べ、していたが、男のがあがあいう音に気づくと、
こっこっこっ。

と、鳴きながらまっすぐ男の背中に向かっていって、
こけこっこー。

と、高らかに鳴いてみせた。

「なんだ、やけに近くから聞こえなかったか？」

男は飛び起きてあたりを見まわした。

すると、一羽のニワトリが縁側から部屋へ入ってこようとしているではないか。

「こんなところで、なにしてんだ？」

そう言うと、男はニワトリを抱きかかえて、パジャマのまま鶏舎へと歩いていった。

「恭ちゃん、おはよー。」

鶏舎で朝早くから、男に声をかけたのは従業員の朝倉みなみちゃんだった。みなみちゃんは鶏舎の檻のみぞにえさを流し込んでいた。

鶏舎は天井が高く、青い屋根で、屋根のすぐ下が開いていて、外の空気や光が入るようになっていた。

こっこっこっこっこ。

鶏舎の中には何段にも鉄格子が重ねられ、白い羽がふわふわと舞っている。

こっこっこっこっこ。

その何段にも重ねられた檻の中にはニワトリがいた。見わたす限り、その中にニワトリがいた。

こっこっこっこっこ。

約一万羽いるニワトリを、一羽ずつ見てみよう。

ニワトリは鉄格子から顔を出し、流し込まれている黄色い粉を食べる。

ニワトリに許された動きはそれだけである。

こけーこっこっこ。


「おはよう、みなみちゃん。」

恭ちゃんと呼ばれた男は、朝倉恭一郎。この鶏舎のあととり息子だ。

恭一郎は小脇に抱えたニワトリを見やりながら、

「どういうわけかさあ、ニワトリが、歩いてたんだ。」

みなみちゃんはおどろいて、

「また逃げられたの、あの檻から。」

でも、すぐ笑いながら、

「あなたが檻の補修にビニールテープなんか使うからよ。」

恭一郎も笑いながら、

「いや、困ったもんだ。」

と、頭をかいていた。


「困ったもんだじゃ、済まされませんよ。」

メガネをかけて真面目そうな男性が、ニワトリのふんを掃除しながらそう言った。

あまり忙しいとも思えない、この、鶏舎で唯一のアルバイトだ。

「もう二回目なんですよ、そのニワトリが逃げ出すの。」

「今回はビニールテープだったから、くちばしでつついて、ビニールテープを破ってまた外に出てきたんだと思うけど、最初は鉄の檻をこじ開けて出てきたんですよ？　相当な悪ですよ。」

「悪でもなんでも、見てみろよ。このくちばし。あんまり硬いもんつついたから、ずいぶんすり減ってるぞ。なかなか根性のあるやつだ。」

恭一郎は抱えたニワトリを見ながらそう言った。

「檻をつついて、そこから逃げたって言うんですか。いくらなんでも、たかがニワトリが……。」

「じゃあ、どうやって逃げ出すんだ？」

「いやあ、わかりませんけど……。」

「とにかく、この子も中に戻ってもらいましょう。ビニールテープじゃだめだから、針金で檻を補修して……。」


ニワトリの一日は、朝早くから始まる。

まず、こけこっこーと鳴く。

そうして、卵を産む。ニワトリは本来なら人間と同じように産む周期があって、一月に一個だけ産む。しかし、ニワトリの改良と、えさに卵の殻の基になるカルシウムを含んだ貝の殻を多くあたえることによって、毎日、卵を産む。そんなからくりがあるから、卵は、今日も、どこかのスーパーマーケットで特売品の札を貼られ、安く売られているのだ。

そんなことを知ってか知らずか、ニワトリは今日も卵を産む。

生まれた卵は、鉄格子に受け止められ、鉄格子の中をころがって、鶏舎の卵を集めるスペースにどんどんころがって集められる。

人間はそれに日付をつけ、パックして売る。

今日の朝、一羽のニワトリに起こされた恭一郎も、みなみちゃんも、アルバイトも、みんなそれで得たお金で生活している。

ニワトリはせっせと黄色い粉を食べる。

それしか、することはない。

ニワトリは夜になったら寝る。

ニワトリの一日は終わってしまう。

もしかすると、ニワトリの一生もそれで終わってしまうのかもしれなかった。


そこへ、一羽のニワトリは、どういうわけか逃げ出すことに成功した。

こけーこっこっこ、こけーっ。


次の日の朝。

ちゅんちゅん。

すずめが鳴いている。

ぶちっ……ぶちっ……。

奇妙な音も続いている。

みなみちゃんは、町の自宅から車を運転して、鶏舎にやってくるところだった。

民家も少なくなったうっそうとした林の中に鶏舎はある。

もう鶏舎に入ろうかというところ、緑の中に白いものが動いている。

ぶちっ……ぶちっ……。

「なんだろうあれ、もしかして、また？」

車を止めて見に行くと、一羽のニワトリがぶちっと草をひきちぎっては食べ、ひきちぎっては食べ、していた。

なんと、生命力のある音だろう。

ニワトリは、地面に生えているやわらかそうな葉っぱを次から次へと食べる。

まるで、今まで食べ損なった分を取り返し、食生活を、改善させるかのように。

「ニワトリちゃーん。こんなところで、なにしてるのー？」

みなみちゃんは、両手を広げてニワトリを追いかけるが、ニワトリも負けじとかくかくした足取りで一歩、一歩と歩いていく。

「ニワトリちゃーん、待ってー。」

捕まえようとしながらも、それを、するりとかわされる。確かな足取りでニワトリは林の中へ歩いていく。

すると、ニワトリが消えた。

林は薄暗く、視界にとらえることができない。

みなみちゃんが恐る恐る歩いてゆくと、
こけっこっこー。

ニワトリが一声、鳴いた。

見ると、ニワトリは水をごくごく飲んでいた。

「水？」

みなみちゃんが足元を見ると、そこには池があった。

暗くてよく見えなかったが、あと一歩進んでいたら、池の存在に気づかずに、水の中へ落ちていたかもしれない。

みなみちゃんは身震いした。

「そうか、そんなことがあったのか。」

恭一郎は深いため息をもらした。

「きっと、池にみなみちゃんが落ちないように教えてくれたんだな。」

「私も実はそう思ってるの。助けてくれたんじゃないかって。」

そして、みなみちゃんは少し微笑んで、

「でも、ニワトリが、っていうか動物がそんなこと考えるわけないし。おかしいね。」

「いや、そうとも言えないんだよ、みなみちゃん。犬だって一度飼ってくれた人のことを一生、覚えているよ。それに、ピヨ子は……。」

恭一郎が続きを言うのをさえぎるように、アルバイトがやってきた。

「なに言ってるんですか、二人とも。動物が人のこと覚えてるとか、あのニワトリが助けてくれたとか、頭おかしいんじゃないですか?」

「バイト、どこ行ってたんだ。」

「あのニワトリを二度と出られないようにしてきたんです!」

「ピヨ子がかわいそうじゃないか。」

「ピヨ子って誰のこと？」

「あのニワトリに決まってるじゃないか。

ああ。昔のことを思い出した。小さい頃、ポチって柴犬を飼ってたんだけどね、早朝にニワトリがこけこっこーって鳴くと、ポチは一番に起きて、ニワトリのところへかけていって、ワンワンやたらめったら吠えたてるんだ。起こされて怒っているのかと思ったら、違うんだ。しっぽを振ってうれしそうに吠えてた。」

恭一郎は遠くを見て続けた。

「その頃はニワトリも庭いっぱいに放し飼いにしてた。今みたいに卵が十個で百円もしないとか、バカみたいに安くなくて、卵一個が貴重な栄養源でごちそうだった。ニワトリだって卵一個一個を命をすり減らして産んでるのに卵十個のパックはどんどん安くなって、ニワトリも少ない数で放して飼うんじゃなくて、鶏小屋で大量に飼育するようになっちまった。そうでなきゃ、やっていけないと思ってた。そう、思い込んでたんだ。でも、ピヨ子は違う。ただ、卵を産む機械じゃないんだ。命を産んでいるんだ。まずい卵を安く売るんじゃなくて、高い卵でおいしいって言ってもらうんだ！　みなみちゃんも、お前もついてきてくれるか？」

「うん。なんかよくわかんないけど。」

「なに言ってんですか、恭一郎さん、あなたはバカですか？　高い卵は高いニワトリから生まれるから高いんです。うちにいるやつらは、どうあがいたって高い卵に匹敵するような卵を産めるわけないでしょ？　今いるのは全部、殺すんですか。」

「ちょっとこっち来てみろ。これは今朝、ピヨ子が産んだ卵なんだ。」

「なんですかコレ。黄身がオレンジ色だ。」

「栄養価が高い証拠なんだ。それにこの高さ。白身も黄身も真ん中に集まって厚みをもっている。こんな卵を見るのは久しぶりだ。昔は、みんなこうだったんだ。うちのニワトリでも飼い方によっては赤い卵に勝負を挑めるくらいすごいんだってことを、ピヨ子は教えてくれたんだ。」

今、庭には二羽ニワトリがいる。

一羽はピヨ子。もう一羽はピヨ子のだんなさん。

裏庭には二羽ニワトリがいる。

恭一郎とみなみちゃんというおしどり夫婦が。

鶏舎はやめて、広い土地に平飼いの鶏が一万羽いる。

ニワトリは自由に走り回り、好きなときにえさを食べ、好きなときに水を飲み、好きなところに卵を産むのである。

吾輩はネコレンジャーである

「おじいさん、猫が追い払っても、追い払っても家に入ってきて困ります。」

「そんなら内へ置いてやれ。」

「でも、おじいさん、二匹もいるんですよ。」

わっはっはっはっと、夫婦で笑いあう始末。

家の勝手口からひょっこり、ひょっこり、顔を出した二匹の猫はこうして拾われました。

白に茶色が混ざったのは茶トラ。

茶色に白が混ざったのは白トラ。

そう名づけられて人間の家の中だけで暮らしていました。

「俺らはな、犬を飼っていたんだ。でもなあ、少し前に死んじまってな。だから、お前たちが来てくれて本当にうれしいんだ。前にいた犬はな……。」

おじいさんは猫に話すのが楽しいらしく、おばあさんが台所へ行ってしまうと、いつも決まって二匹に話しかけました。二匹も話の内容がわかっているような顔をして黙って神妙に聞いていました。

「それでな、うちの息子がな、その犬にスケボーをひっぱらせて、スケボーに乗って、スピードが出すぎたもんで『うわあぁぁぁ！』って叫びながらどこまでも行ってしまったんじゃ。あのときは笑った笑った。」

わっはっはっはっとおじいさんが楽しそうに笑うので、猫二匹も目を細めていました。


そんなある日、いつも家にいるおじいさんとおばあさんが丸一日家を空けました。二匹は初めてのお留守番で、おなかが減ってきました。するとテーブルの上に置いてあった箱のふたが、じゃっと開いてご飯が出てきました。これはありがたいと二匹でぱくぱくやっていると、おじいさんとおばあさんが帰ってきました。

「これでよかったのかしらねぇ。」

「自分で決めたことだ。」


またある日、息子から電話がかかってきました。

「携帯なんてやめてスマホにしなよ。」

「バッカモン！　話す、メール、写真を撮る、万歩計、あとは天気でも見れれば最高だ。

そんなに知りたいことあるか?」

「みてねをみてね。」

息子が謎の言葉を残したので、おじいさんは携帯で『みてね』と検索してみました。なんのことはありません。『子どもの写真共有アプリ』とあります。

(あいつ、子どもができたのか。)

おじいさんは、携帯はやめませんでしたが、タブレットを一台買いました。それから八ヶ月ほどで孫ができました。出産には立ち会えませんでしたが、『みてね』に写真はたくさん送られてきました。


おじいさんは猫にも話しながら、タブレットを見せました。猫二匹はやっぱり目を細めて、おじいさんの話を聞いていました。


異変に気づいたのはおばあさんでした。

「孫の写真、最近、送られてこないわねえ。」

「二人とも共働きだ。忙しいんだろう。」

「そんなこと言っても、誰が孫の面倒見てるの？」

「電話してみる。」

トゥルルルル……。

「もしもし、あっ、間違えました。」

「どこにかけたの？」

「マンションだ。知らない女の人が出た。」

「お嫁さんでしょ？」

「違うみたい、あっベビーシッターさんですか。後ろで泣いてますね。ああ、なかなか寝ない。そうですか、失礼します。ベビーシッターさんだって。」

そう言うが早いか、おじいさんは物置をひっくり返してカセットテープとラジカセを見つけて。

おじいさんはコレだ！　と思いました。

(息子が寝ないときいつも聞かせていた音楽だ。これでベビーシッターさんでも孫は寝るぞ。)

その夜、おばあさんが台所に行ってしまうと、猫二匹に、

「このボタンを押すと音楽が流れる。いいメロディだろ？　息子は泣き出してもこれを聞くとすぐ寝るんだ。これなんか、押したら音を記録できるぞ。それでな……。」

おじいさんが次の日、大きなバッグにカセットテープとラジカセを入れてマンションへ行くと、なんとバッグに猫二匹も入っていました。それに気づくか気づかないかのうちに、猫二匹は部屋のあちらこちらへ隠れてしまいました。

「お父さん、なにしてるんだよ、ベビーシッターさん来ちゃうよ。」

「ごめんな。カセットテープとラジカセ持ってきたから。音楽を流せば孫も寝ると思うんだ。」

「それは置いておけばいいよ。」

「猫二匹は、逃げるとなかなか捕まらないんだよ。」

「ベビーシッターさんに謝っておく。」

部屋には音楽が流れていました。

このボタンニャ。

押すニャ押すニャ。

カチッ。


午後になって、おじいさんはマンションへふたたびやってきました。

「あれっ。もうベビーシッターさん帰っちゃったんだ。音楽が流れてない……。録音になってる。」

おじいさんは思わず聞いてみました。

「……なんで言うこと聞かないの！　バシッ……うわあぁぁぁ……。」

（これ、孫を叩いて泣かせてないか？）

猫二匹は無事、大きなバッグに入って、いつもの我が家へと帰っていきました。

ニャンダフル

チーン……合掌。

マッチを擦り、お線香に近づける。

点いた火を手であおいで消し、お線香を立てた。

そして、もう一度、チーンと鳴らし、合掌した。

夫に先立たれて二年が経とうとしていた。

初めのうちは小さなお茶碗やお椀、お皿に、毎日、ご飯、お味噌汁、夫の好きだった麻婆茄子なんかを盛り付けてお供えした。自分だって毎日、三食食べるから、それほど苦ではなかった。でも、亡くなった人は食べてくれない。いくら好物を並べても、片付けて捨てなきゃならない。その作業にむなしさを覚え、いつしかご飯とお味噌汁だけになり、それも三日に一度、一週間に一度になり、腐らせてしまうと申し訳なくなり、ついにはやめてしまった。

今は一週間に一度、お線香を立てて合掌するにいたった。

唯一の救いは猫がいることだ。

もう三年も前になるか。

夫と公園を散歩していると三毛猫がいた。顔に黒い色がかかって凛々しい顔つきに、オスだと思い三毛父さんと名づけて毎日、ご飯をあげた。他にも黒地に白の混じったくぅちゃん、高級な猫にしか見えないグレー、大食らいのカキ、大人しい三毛子さん、なんかがいた。あとになって三毛のオスはほとんどなく、いたら珍しいのだと知った。そして、公園で猫にご飯をあげるのも問題があるらしく、見回りに来た公園の管理の人に怒られた。

ご飯をあげるのも最後か……そう思った頃、くぅちゃんが子猫を連れてきた。子猫は二頭身の小さな体で缶詰をパクリっと食べてしまった。くぅちゃんが、自分の分を食べられてしまうと思ったのか、自分のほうへお皿をスーッと引き寄せた。その姿があまりにもかわいらしく、忘れられない。

猫たちを飼おうと何度か捕まえようとしても、なかなか捕まらなかった。だが、子猫はこっちに来た。子猫は涙目で鼻水が出ていた。とりあえず動物病院へ連れていった。すると子猫は風邪で目は目薬をささなきゃだめという。すると、飼いますか？　と聞かれ、それに押される形で飼うことに決めた。キジトラの男の子だ。

夫がいなくなったあとも、遊んであげるという名目で、こちらも遊んでもらう。だから、寂しくなかった。

そんな、矢先だった。

珍しくご仏壇に果物をお供えした。バナナにりんごに葡萄。それを見た猫が興味を持った。葡萄がボールに見える。前足でチョイチョイっとやると、ころがった。

「待つにゃ！」

猫が勢いよく飛び下りると、ご仏壇にのっていたものも床にころがった。その中には火の点いたお線香もあった。畳の床に焦げが出来る。運悪く、そこへマッチがころがった。畳は燃え始め、障子に燃え移らんとしている。

その頃、奥さんはリビングでうたた寝をしていた。

しばらくすると、あまりの焦げ臭さに目が覚めた。部屋が煙い！　何事かと思って廊下に出ると火が見えた。玄関はもう出られない。もうダメだと思ったそのとき、

「奥さん、こっち！」

庭側のガラス戸を開けて初老の紳士が立っていた。

奥さんは靴もはかずに、スリッパのままで紳士の手をとった。

そして、庭から脱出した。

「助けてくださってありがとうございます。でも、なんで。」

「お宅の猫ちゃんですよね？　この子。」

見ると、猫が少しやけどをしてそこにいた。

「やけどをして家に入ってきたので火事かと思いまして、周りを見たらこの家から煙が。奥さんが一人で暮らしてたはずだと探してもいないので、まだ家の中かと。それにしても助かってよかった。いやね、私も妻に先立たれた一人暮らしで。」

紳士はにっこり笑った。

人生ってニャンダフル！

くまに数回、殴られた事件～山菜とりに出かけた男性～

ミーン　ミーン　ハルゼミが鳴いている。

初夏の山に来た僕は年齢に似合わず、山菜とりをしている。僕が一番、好きな山菜はふきのとうだ。

僕がのんびりしていたせいか、ふきのとうはとりつくされてあまり見つからない。

どうしたものかと考えていると、たくさん生えているところを見つけた。しかし、そこは山奥に似合わないロープの向こうだ。僕は食欲に負け、ロープをこえて、ふきのとうをいくつかとった。向こうには水の音がする。のどが渇いた僕はその音がするほうへと足を運んだ。小さな川があるようだ。ちろちろと水の流れる音がする。そこで僕は目を見張った。

先客がいる。しかも茶色でもこもこしている。僕は本気で死んだふりをしたものか迷った。

そいつは言った。「やあ、僕は小ぐまのテール。」

しゃべった!?　僕は今度は失神しそうだった。

しかし、そいつのまっすぐ僕を見つめる視線に負けて、

「僕は人間だ。」

と言った。我ながら情けない自己紹介だった。昔を思い出す。いくら自己紹介しても、

〝転校生〟と呼ばれ続けた苦い思い出。

「僕はしっぽが長いからテールっていうんだ。」

「しっぽが長いくまなんて野蛮だな。」

「え？　しっぽが長いだけで野蛮なの？」

僕は笑ってしまった。


山に呼ばれたんだな。


僕とテールは話し合った。人間について。動物について。

すると、突然、テールが思い立ったように言った。

「いいものを見せてあげるよ。」

テールが四本足で歩いて、僕を先導した。

そこには、花があった。

「僕のおじいちゃん……じゃなくて、僕のお母さんも見たのは初めてだって。」

僕は言った。「もしかして、竹の花？」

「あれは……。」僕が説明しようとしたとき、老人らしき男性の声がした。

「こりゃ、珍しい。とって帰ろう。」

「そうしましょうね、おじいさん。」

グォー
一瞬のできごとだった。


おじいさんと呼ばれた男が竹に足をかけて花をとろうとしたとき、テールはグォーと動物らしい叫び声をあげて、男性を平手で殴った。

「おおっ。」と、男性が倒れるやいなや、女性が、

「キャー、くまだー、ころされるぅ。」

と叫んで、しゃがみ込んだまま動かなくなってしまった。

次は僕が叫ぶ番だった。

「テール、遠くへ逃げろ。ハンターが来るぞ。」

「僕のおじいちゃんはころされたんだ。ハンターに撃たれて。」

「どうして、そんなことになったんだ？」

「花をとっていこうとする人がいたんだ。だから、やめろーって殴っちゃって……。」

テールと川沿いでそんな話をしたことを思い出す。

テールは逃げきれるだろうか。

テールが見せてくれたあの花は、竹の花だ。

六十年に一度しか咲かない。

珍しいと言って持って帰ろうとしたおじいさんの気持ちも、わからなくはなかった。

ジ、ジ、ザーッ
「ハンター長、こっちにはいません。」

「わかった。もっと奥まで探すんだ。」

無線でハンター長と呼ばれたおじいさんは、僕をジロリと見るとこう言った。

「どこからあんな山奥へ？　ロープがあったろう。」

「ロープはありましたが、入っちゃいけないとは思わなくて。」

「そうか、あんた、あっちか。あのおじいさんとおばあさんはね、立ち入り禁止ってちゃんと書いてあるところから山奥へ踏み込んだ。そうか、あんたはあっちか。じゃあ、あんたふきのとう好きだろ。」

「はい。」

「そうか、あっちか。」

それだけ言うとハンター長と呼ばれる人は黙ってしまった。

僕は気が気じゃなかった。今、山奥にはハンターが五人もうろついて、僕の友達をころそうとしている。

「ハンター長さん、しっぽの長いくまを知りませんか？」

「さあ、知らんな。ああ、そういえば昔いたくまもしっぽの長いくまだった。私が谷でしとめたんだ。逃げた動物はのどが渇くからね。谷の川へ水を飲みにくるだろうと思ったんだ。」

（ハア、ハア、いっぱい走ったな、分かれ道だ。おじいちゃんはどっちに逃げたんだろう。こっちか。谷へ行けば水が飲めるし……。

違う！　テールあっちだ。

ん？　待てよ。谷に誰かいる！　あっちだ。）

「ねえ、ハンター長さん、昔いたくまも谷にいたんでしょう？　谷へもっとハンターを増やしたら？」

「それもそうだ。」

ジ、ジ、ザーッ

「ハンターに告ぐ。谷へ向かえ。きっと谷にいる。」

「了解……。」

それから、一ヶ月も過ぎた頃だった。

家に帰った僕に宅急便がきた。

ふきのとうがたくさん入っていた。

そして、一通の手紙が添えてあった。

「ふきのとうがまだあったんで贈る。
天ぷらにするとうまいよ。
しっぽの長いくまなら見ない。
山奥へ帰ったんだろう。
あっちから入る人はいないんだ。
ふつうなら。
まあ、あんたは山に呼ばれたんだろう。
自分から自己紹介するくまなんて、いたらバカだろ？」

おばあちゃんのオルゴール

僕は本にかこまれていた。見わたす限り本だった。部屋の真ん中には漆塗りのつくえが、どんとすえてあった。ここは僕のおじいちゃんの書斎。僕はまだ子どもだけれど、ここにいるとなんでもわかる、ヒーローになったような気持ちになれるから、僕はこのおじいちゃんの書斎にいるのが一番好きだ。

僕はいつものように本の棚によじ登り、一番上の難しそうな本の奥に隠された、おじいちゃんの日記を読もうとした。すると、足がすべって一番下の段にあったレコード盤がばらばらと崩れ落ちた。

「ああ、やっちゃった。おじいちゃん、ごめん。」

僕はひとりごとを言いながら、本棚からたんっと飛び下りて、レコードを拾い集めた。レコードのジャケットには、サックスを持った黒人さんや、化粧の濃いマリリン・モンローみたいな女性やらの写真が印刷されていた。

その中にあって、ひときわ魅かれるレコードがあった。それは、真っ黒で何も描かれていなかった。おじいちゃんは、確か〝ＤＡＲＫＮＥＳＳ〟と呼んでいた。僕はそのレコードを聴いてみることにした。

じ、じ、ざーっ……という音とともに、レコードは音を奏で始めた。まず、聞こえてきたのは、弦楽器のハーモニー。やさしく始まる、その音楽に、僕は思わず目をつぶった。川の流れるような、ゆるやかな音に身をゆだねていると、バイオリンの伸びのある音がハーモニーに乗った。僕のほほはゆるんだ。こんな音を奏でようとしても、僕には一生かかっても無理だなあ。そんなふうに自分を笑っていると、閉じた瞳に白いものが浮かび上がった。

暗い湖の上を、軽やかにステップを踏むようにして、彼女はあらわれた。それは、ピアノの音色だった。きつく結ばれた金色の髪に、透明な肌にブルーの瞳、白いレオタード。真っ暗な湖の上をバレリーナが踊っていた。

君は誰？

返事はない。

話すことなんてできるわけないか。

話すことはできる。

え？

返事はない。

今、声が聞こえたよ。

僕のまぶたの裏にあらわれた彼女は、やさしく微笑み、首をかしげてポーズを決めると、すうっと消えた。レコードが終わったのだ。あとに残ったのは、そこに確かにいたことを証明する、水の波紋だけだった。

僕はレコードを見た。確かになにも書かれていない。僕は念のため裏も見た。するとレコード盤の真ん中の部分に「いとしのバレリーナ」とだけ、書かれていた。これはおじいちゃんの字だ。

僕はこのバレリーナに恋をした。

僕はいつの間にか寝ていた。

学校の視聴覚室は真っ暗で、静かだった。前には大きな白いスクリーンに夏目漱石の写真がどアップになって、なにやら解説が始まった。僕は昔の本を読むのは好きだったが、それを映像化されるのは嫌いだった。なぜって、言葉で書かれている本なら、美しいと書かれていれば、僕の頭の中に他の誰のものでもない、僕だけの美しい景色があらわれるのだ。その美しさは他の誰にも見られることもないし、他の誰にとられる心配もない。そう、それは、昨日、見たバレリーナのように。

僕はバレリーナのことを思い出して、夢うつつに彼女と言葉を交わそうとした。しかし、バレリーナは、あの素晴らしい音楽がなければ踊れないとでも言いたそうな顔をして、僕の相手をしてくれない。

「耳をすまして。」

バレリーナはそれだけ言うと、また、真っ暗な意識のそこへと消え去っていった。

みみ?

そうこうしていると、きーんこーんかーんこーんと間の抜けたチャイムの鳴る音が聞こえた。

「うわー、よく寝た。」

僕は上体を起こしてみた。その、せつな、ダーン……という、銃声のような音が聞こえた。

「うん? なんだ? 今の音。」

僕があたりを見まわすと、ビデオが止められ、カーテンも開いて、昼間の明るさを取り戻していた。

僕は、家に帰るや否や、書斎へとすべりこんだ。黒い円盤に針を落とす。低く暗いリズムをとる弦楽器。ときおり入る悲鳴のようなバイオリン。そこへ、やさしく湖の上を軽い足取りでステップを踏むようなピアノの響き。バレリーナが僕の心の中に舞い降りた。

「君の聴いてほしかった音は、あの音?」

「あの子は見てしまったの。」

「あの子? 誰? 誰がなにを見たの?」


わたしはきよみ。まだどきどきしてる。今日の視聴覚室で見た、映像のことだ。わたしたちはまたつまらない文学のお話を見ていた。かと言ってわたしは文学が嫌いなわけじゃない。本を読むのも好きだし、最近のすべて理解できるストーリーよりも、明治やら大正やらに書かれた、見たこともないような漢字だらけの理解できない表現のあるお話を読むのが好きだ。

でも、今、受けている文学のお話の授業ではわたしが愛読したり、これから読もうともくろんでいた、日本の文豪と呼ばれる人たちのお話を読もうともせずに、あらすじだけを映像化して見せられるのだ。

はっきり言って見たくない。でも、わたしはそれでも、読んだことのある作品はうんうんうなずいて見たり、読んだことのない作品はあまり見ないようにして、それなりに見ていた。ただ、同じものを見せられているクラスのみんなはだいたい寝ていた。そこへ、クラスの後ろのほうでたむろしているグループから、

「きよみ、ペン貸して。」

と、声をかけられた。わたしは一瞬、狼狽したが、

「いいよ、はい。」

と、素直にわたした。

「いやー、悪いね。きよみも書いてあげよっか？　似顔絵。」

「ええっ？　遠慮しとく。」

わたしはすぐさま前をむいた。

きーんこーんかーんこーんと、間の抜けた合図とともに授業が終わりを告げた。先生がビデオを止めにいった。そのときにわたしの目に変なものが映った。

血まみれの男性。その人が銃弾に倒れた。

わたしは目を疑った。その瞬間、真っ暗だった部屋の明かりがついて、みんなが、

「うわーよく寝た。」

とか、言いながら起き始めた。

わたしの目にはまだ、男の人の人生が絶たれた一瞬が、目に焼きついていた。


わたしはきよみ。ペンがない。どこを探しても見つからない。

あれは一番、お気に入りのミッキーのボールペン。でも、わたしは知っている。あのボールペンはころころころがり始めると、どこまでもころがってしまうことを。この前だって、授業中に使っていたのに、ちょっと目をはなしたすきにつくえからいなくなっていた。そのときは探しまわると、案の定、床の上でまだころころころがっていた。

きっと、また、つくえから落ちて、床でころがっているところを、誰かにけられでもしたのだ。そうなれば、もう、ごみ同然だ。ほこりにまみれて捨てられているさ。

わたしは気をとりなおして、また、授業に向かった。

おばあちゃんも言っていたっけ。あきらめが肝心って。そのあとに、必ず、おばあちゃんが、まだ、若かった頃、ずっと、想っていた男の人の話が始まる。

おばあちゃんは、昔、看護婦さんだった。病院に来る患者さんを、誰よりも大切にしていたから、戦争が始まると、おばあちゃんは、いても立ってもいられなくなって、パラオという南の小さな島へとわたった。そこは、最前線だった。毎日、毎日、負傷した兵士がやってきた。そこでも、おばあちゃんは、やってくる人を大切にしたから、そこの病院にいた偉いお医者さんに、お前はよく働くな、この戦争が終わって、俺とお前が無事に日本へ帰ることができたら、お前にナイチンゲール賞をやろう。そう、約束してくれたそうだ。そして、本当に日本に帰ることが決まったときには、数人乗りの小さな船に乗って帰ってくることにしたという。大きな船で海をわたれば、攻撃されるかもしれない。でも、小さな船なら見過ごしてくれるだろう。そういう計算だった。確かに、攻撃はされなかった。でも、食料も小さな船ではたくさん載せられなかった。だから、食事は一日一回しか許されなかった。しかし、おばあちゃんは、そのとき、身ごもっていた。なんとか、その場で赤ちゃんが生まれたが、今度は栄養が足りなくて、お乳が出ない。そうしたら、いっしょに乗っていた、ある日本兵が機転をきかせて、船の上で釣りをしてお魚をたくさん食べられるようになって、わたしのお父さん、つまり、そのときの赤ちゃんは、無事に日本へ帰ってくることができたという。

そのときの日本兵が、かっこよかった、素敵だった、わたしたちの命の恩人だ、と、その日本兵の話は止まらなかった。もう一度、会えるなら、ナイチンゲール賞なんていらないと、もらってもいない賞を捨てようとしたりした。ただ、その人にオルゴールをもらって、赤ちゃんの子守唄がわりに聞かせていたが、日本に着いたとき、気がゆるんでそのオルゴールを海に落としてしまったそうだ。

わたしはその話を、おばあちゃんに会うたびに、何度も何度も聞かされた。お父さんなんかは、そのとき、赤ちゃんだったっていうのに、そのオルゴールの音色は忘れていない、なんて言って、そのオルゴールのメロディを、何度も口笛でくちずさんだりしていたものだった。


また、あの時間がやってきた。

視聴覚室で見る、文学のお話。

僕はレコードのメロディを思い起こして、バレリーナを呼ぼうとした。それでも、やっぱり、うまくいかなかった。あのときのダーン、という音はなんだったのだろうか。

わたしはきよみ。わたしは後ろのグループの子に声をかけられた。

「きよみ、ペン返す。」

「ああ、わたしのミッキーのボールペン。ありがとう。なくしたのかと思った。」

「はあ、なにそれ、失礼じゃない？」

「え？」

気まずい雰囲気が流れた。

わたしはわたしがなくしたものが見つかってよかったと思っているだけなのに、失礼ってどういうことだろう……。

「きよみ、バカだな。いつもコイツがいろんなものをなくしてるから、自分でなくしたんだと思ったんだよ。お前に貸してるの忘れてただけ。」

僕はバレリーナに会えないので、ぼけっと見ていたが、二人がなんか気まずくなっていたので助け舟を出した。

「なーんだ、きよみってバカなんだね。わたしはなくしたりしないっつうの。」

彼女にミッキーのボールペンをなくされた、ときよみが言っていると思ったらしい。

恐ろしい誤解だ。
言葉ってこわいな、わたしも僕も思った。

そのときだった。
ダーン……。
銃声だ。
僕は前に映し出される映像を見た。
血まみれの男性が倒れこむ……。
わたしは目をつぶった。
戦争は終わってなんかいやしないんだ。

そこへ、バレリーナがあらわれた。
白い光が男性をつつみこむようにして消えていった。

「はい、文学のお話の授業は今日で終わり。」

先生が部屋のカーテンを開けて、部屋はいつもどおりの明るさを取り戻した。

「先生、今、日本兵がいなかった？」

僕は聞いた。

「ああ、ごめん〝戦争の記憶〟というビデオが途中に入っちゃってね。映画だよ、忘れてね。」

僕は腑に落ちなかった。先生はわざと僕たちに見せるために、あんな映像を映し出したのではないかと。

夏目漱石は『永日小品』という小説でハムレットをちっともわからなかったと言っている。

私は夏休みの読書感想文で夏目漱石の『坊っちゃん』を選んだら、夏目漱石の作品を全部読めと言われて弱った。なぜ『坊っちゃん』を選んだかと言うと、兄が「つまらない。」と言っていたからである。あんな有名な作品がそんなはずはないと思って坊っちゃんを選んだ。そう書いたら、そこだけ面白かったと言われた。そんな思い出がある。

それからというもの、バレリーナは頻繁に僕の前にあらわれるようになった。レコードを聴いているときはもちろん、寝ているときも、起きているときでさえ、ずっと僕のそばにはバレリーナがいた。

「食べ物はなにが好き？」

「うふふ、教えない。」

「そんな、意地悪を言わずに教えてよ。」

「お魚。海を自由に泳いでいるお魚。」

「自由に、かあ……。実は、僕、かなづちなんだ。」

「うふふ、おかしい。」

「僕のこと、嫌いになった？」

「なるわけないじゃない、逆に好きになったくらいよ。」

「よかった。」

そんな調子で、会話はとぎれることなく続き、僕はバレリーナにどんどん夢中になっていった。

「僕は君に会いたいんだ。どうしたら会えるかな。」

「そうね、今度の満月の晩なら、会えるかもしれないわね。」

「今、上弦の月だから、あと八日ってところかな。」

「そうね。」

「満月の夜か、なんかロマンチックだな。」


わたしはきよみ。わたしは見た。あの銃声がしたとき、目をつぶったけれど、白い、光のようなものを。それは、ふわっとおおうようにあの兵士をつつみこんで、影絵が光で満たされるように消えていった。あれは、窓から差し込む光だったのだろうか。

わたしには、もっと強い意志のようなものに見えた。

あのときの、彼のような。

わたしは、ふと、手もとのミッキーのボールペンを見た。

ああ、そういえばわたしは彼にミッキーのボールペンのお礼を言っていない！

わたしはあわてて彼を探した。

教室にはいない。校庭にもいない。視聴覚室に彼はいた。

うつぶせになっているから、寝ているのかと思えば、小さな声で歌っている。

このメロディは……。わたしの父がくちずさむ、あのメロディだ。

なぜ、彼がそのメロディを知っているの？

すると、彼が、うふふ、と笑った。わたしは見てはいけないようなものを見てしまった気がした。わたしが出ていこうかいくまいか、迷っていると、彼はおもむろに起きて歩き出した。

こっちへ来る。わたしが一歩、二歩と後ずさりをしていると彼に見つかった。

「ああ、きよみじゃん。なにしてんの？」

「えっ？　なにもしてないよ。」

「そんなことより、今日、満月だよな？」

「満月？　さあ……。」

「いやー今日、会えるんだよ、バレリーナに。」

「バレリーナ？」

「そう、白衣の天使だ。じゃあな。」

「はあ？　白衣の天使は看護婦さん。バレエなら白鳥の湖でしょうが。」

「そうそう、白鳥、白鳥。」

「まったく。」

そんなこんなで、彼は、今度は白鳥の湖のメロディをくちずさみながら、またふらふらと歩いていってしまった。


僕はこの日が来るのをずっと待っていた。今夜は満月。ついにバレリーナに会える。

僕は歩いて、歩いて、歩いた。

「君はどこにいるの？」

「わたしは、月にいます。」

「どこに行けば会えるの？」

「わたしは月とともに揺れています。」

これじゃあ、らちがあかない。僕はあせった。もう自分ではどこをどう歩いたのかさえ、わからない。僕は今まで当たり前だと思っていた、それがずっと続くんだと思っていた日常から、足を踏みはずそうとしている。

僕は海岸沿いを歩いていた。真っ暗な海、ゆらゆら揺れている。

あれ？　光が揺れている。

それは、海の水面に月が映って、海の波とともに揺れているのだった。

まさか、ここに？

僕は躊躇しなかった。靴を脱いで、防波堤を飛び込み台がわりにざぶんと飛び込んだ。

わたしはもう、そこに……。

バレリーナは最後に、そう、呟いたが、僕にはもう聞こえなかった。

僕は暗い海の中にぼんやりと光るなにかを見つけていた。

もう、息が続かない……。


「待って。」

その声とともに、ざぶんと、やはり、躊躇なく海に飛び込む人がいた。

「ちょっと、あんた、なにやってんのよ。」

「はあ、はあ、誰？」

「あんたって、前に、僕、泳げないんだ、へへって笑ってなかった？」

「空気を全部はいたら沈むんだ。浮くことくらいできるさ。」

「あっそう。だったら一人で浮いてなさいよ！」

わたしは彼を突き飛ばした。

「あっぷ、あっぷ。」

とたんに彼は片手をばたつかせて、浮いているというよりも沈もうとしているように見えた。

「両手使って泳ぎなさいよ。」

わたしがもう一度、彼の体をささえると、

「これ持ってるから、あっぷ。」

彼の手には、金色の小さな小箱がにぎられていた。

「ああ、これを持ってるから。」

二人は防波堤のはじにある、はしごまでなんとか泳いで岸へあがった。

「ああ、死ぬかと思った。」

「わたしがいなきゃ、死んでるところよ。感謝しなさい。」

わたしも死ぬかと思った。そう思いながら聞いた。

「それで、命を懸けて拾ってきた、その箱はなに？」

「わからない。」

わたしはこけそうになった。

「でも、いっしょに開けてみよう。」

彼がそう言うので、開けてみると……。

それは、オルゴールだった。

「おじいちゃんの持っていたレコードと同じメロディ。」

金色の髪を結んで、ブルーの瞳に、白いレオタードをまとったバレリーナが、メロディとともにくるくると踊っていた。

その姿は、真っ白な白衣で、患者さんたち一人ひとりを大事にして、てんてこ舞いしている白衣の天使に、わたしには見えた。

「そうだ、会わせたい人がいるの。」


次の日、僕たちはある病院を訪ねた。

「どこが悪いってわけでもないんだけどね。やっぱり、ここが落ち着くから。」

きよみの、おばあちゃんはそう言って笑った。

「おばあちゃん、これ見て。」

僕たちはあのオルゴールを見せた。

「まあ、金色の。まさかでしょう？　どこかで同じもの売ってたの？」

おばあちゃんはそう言いながら、メガネをかけて目を丸くした。

「僕も見せたいものがあるんだ。ものっていうか……。」

僕が話すや否やで、白髪の紳士がカーテンを開けた。

「まあ、あなたは。」

「これは、これは、お美しくなられて。」

僕のおじいちゃんだ。

「美しいだなんて。でも、あなたは面影があります。」

戦時中、身重のきよみのおばあちゃんのために、小さな船で、魚を釣って養ってくれたのは、なんと僕のおじいちゃんだったのだ。

僕たちは見つめあう二人を見て、キスをした。

あとがき

この短編集のタイトルを、
「もしこの世が闇になっても、月はかがやく」にしたいと思います。
「月はかがやく」という、テーマソングを作りました。
歌詞をのせます。

♪今日もまた　呟くの
「みんな変わり　去っていく
あの空の　月のように
すべて儚く　消えていく」

あなたのこと忘れられないの
いつも頭に浮かんでくる
あなたのこと好きなのよ
この想いあなたに伝わればいいけど

今日もまた　答えるの
「不変なものなんてないし
型あるものはみなすべて壊れると
言うでしょう？」
カタチあるものは……

もしこの世が闇になっても
あなただけを照らし続ける
私さえ消えゆくものならば

この想い胸に秘めたままにしておくわ

以上です。
この歌をひっさげてミュージックステーションに出演するのが夢です。
私はポルノグラフィティのファンで、ポルノグラフィティと言えば、「月」だと思っています。

♪僕らの生まれてくるずっとずっと前にはもう
アポロ11号は月に行ったっていうのに
(「アポロ」／ポルノグラフィティ)

♪今、月が満ちる夜を生み出すのさ
(「メリッサ」／ポルノグラフィティ)

♪丸い月がずっと笑いかけてくる
　惚れちゃった　戻れないよ　憧れじゃ終われないよ
（「俺たちのセレブレーション」／ポルノグラフィティ）

「月」が効果的に使われています。
それにならって、この短編集の最後にも「月」が突破口を開きます。
もしこの世界が闇になっても月はかがやいています。
希望の光はどんな人のもとにもふりそそいでいます。
それを忘れないでください。

最後にポルノグラフィティの「小説のように」を小説化しました。
読んでみてください。

蔵前　ざくろ

小説のように

僕は今、東京タワーに来ている。

展望台は昨日から続く雨で、景色もかすんでぼやけている。

僕がなぜ東京タワーに来たかというと、母に頼まれたからだ。

母が言うには、

「東京タワーの小さいやつ。あれ買ってきて。」

なんのことかと聞いてみると、

「月九のドラマで東京タワーばっかり出てくるのよ。この前なんか東京タワーの小さいやつが、ヒロインのお部屋に飾ってあったの。それがかわいくてね。だから、今度、買ってきてちょうだい。赤いやつね。」

ネットで調べると、東京タワーで売っているらしい。それでわざわざ来た。

だから、景色なんかどうでもよかった。

展望台をあとにして、売店へと向かった。

東京タワーの小さいやつはいくつもあった。しかし、青や黄色、白はあるが赤いのが見当たらない。

「あの、これの赤いのはないんですか？」

店員さんに聞いてみた。

「赤いのは今、ほら、テレビでドラマを放送してるでしょ？　人気があるから売り切れちゃってね。今あっちにいる女の子いるでしょ？　あの子ので最後。」

見ると女の子が一人、袋を提げて、まだ商品を見ている。僕はダメもとで交渉してみることにした。

「すみません。」

「はい。」

そう言って振り返ったとたん、彼女は目線をそらした。

「あの、東京タワーの赤いのそこで買いましたよね？」

「ああ、買いました。」

彼女は目線をそらしたまま答える。

「二倍の値段払うんで、ゆずってもらえませんか？」

「これですか？　いいですよ、あげます。」

そう言うと彼女はやはり目をそらしたまま、僕に袋を押し付けて走り去ってしまった。

僕は押し付けられた袋を持って、あっけにとられて彼女を見送った。

とりあえず、東京タワーの小さいやつは手に入った。もう帰ろうと思い、東京タワーを降りた。それにしても、なんで彼女は目をそらしていたんだろう？

そう思いながら東京タワーの下を傘をさして歩いていると、聞き覚えのある声が聞こえてきた。

「それがね、すごいイケメン！　目を合わしたら絶対、惚れちゃう！　だから、絶対目を合わさなかったんだ。東京タワーでしょ？　あげちゃったもん。おみやげはなし。」

さっきの彼女がベンチに座ってかなり大きな声で通話していた。

なんだ、目をそらしていたのは、そんな理由か。

僕はベンチの後ろで彼女にばれないようにそっと、通話が終わるのを待った。

「じゃあ、またねー。」

「すみません。」

彼女はギクッとしてゆっくりと振り返った。

「もしかして、今の話、聞いてました？」

「聞かせてもらいましたよ。」

僕はにっこり笑って、

「連絡先を教えてください。お礼もしたいので。」

僕がそう言うと、彼女は僕をまっすぐ見つめてうるんだ瞳で連絡先を教えてくれた。僕も連絡先を教えてその日はそこで別れた。


それが彼女と僕との出会いだった。


数日が経って、日曜日に東京タワーの近くのパスタの店でお昼過ぎ、一時に会うことにした。

なぜか知らないが、今日も雨だった。

そのパスタの店はパスタのメニューが二種類しかなくて、サラダとフリードリンク（お酒はない）がついて千円だった。

お店の窓からは、晴れていれば東京タワーがはっきり見えるくらい近いのに、雨のせいで景色はぼやけてかすんでいた。

私が注文をして待っていると、

「お待たせ。」

この前、東京タワーで会った人が、白いコックの服に赤い前掛けをはずして、パスタを目の前にドンッと置いて、ドカッと向かいのテーブルに座った。

「まだ名前、聞いてなかったね。」

「叶恵です。ここで働いてるんですか？」

「うん、俺んちは父親が早くに亡くなってね。弟が二人いるから高校中退してここで働き始めたんだ。食べてみて。」

叶恵はパスタを一口、食べてみた。

「イタリアの本場の味！」

「……。」

「おいしいです。」

「そう言ってもらえてよかった。」

「お店のほうは大丈夫なんですか？」

「もうお昼は過ぎてるから大丈夫。」

「私、パスタ大好きなんです。好きすぎてイタリアにあこがれてオードリー・ヘップバーンが食べてたっていうパスタが食べてみたくなってしまって、イタリアのローマに行ったんです。『ローマの休日』の舞台がそこにあって、パスタもすごくおいしかったです。」

「真実の口とか？」

「そうです。真実の口も見てきました。口に手を入れることはできなかったんですけどね。」

「こわいから？」

「はい。嘘をついたっていうはっきりとした記憶はないけど、お前は嘘をついてるぞって言われそうな気がして。人を傷つけない嘘ならいいと思うんです。でも、真実の口はそれすらも許してくれなそうで。」

「やさしい嘘っていうのもあるからね。」

「お名前、なんて言うんですか？」

「俺の名前は道弘。よろしく。イタリアとオードリー・ヘップバーンが好きならさ、新宿に『ローマの休日』にも出てきたジェラート屋さんが最近オープンしたんだけど、これから行かない？」

ランチの時間が終わると夜まで空いているので、最近、話題になっていたジェラート屋さんに彼女と向かった。


新宿のジェラート屋さんには人が並んでいたが、十分もすれば注文できそうだった。

「道弘さんは、料理がうまくて、イケメンでイケボですね。」

「料理がうまくて、イケメンはわかるけどイケボは？」

「イケてるボイスです。」

「それは初めて言われたな。何味にする？」

「イタリアではジェラートは食べなかったんです。ミルクで。」

「じゃあ、俺も同じの。」


「おいしいね。」

「はい、すごくおいしいです。あっ！」

「なんだ？」

「私のアイスー！」

話しかけられて、叶恵がちょっとよそ見をした瞬間、アイスは前を歩く男性のTシャツの背中にべったりと張り付いてしまった。食べられるところはほとんど無くなった。

「私のアイス……。」

「私のアイスじゃなくて、謝るのが先だろう?」

「せっかくのアイスをこんなにして……謝ってください。」

「そっちがくっつけたんじゃないか。」

「もうやめてください、二人とも。アイスはまた買えばいいから。行こう、叶恵ちゃん。」

「はい。」

二人はもと来た道をずんずん歩いていった。

「俺の服、汚れたままなんだけど……。」


二人はアイスを買いなおして、小一時間ほどで別れた。

家に帰ってからも、叶恵のことが頭から離れない。

『料理がうまくて、イケメンでイケボですね。』

ああ、あなたに愛されることで、僕は輪郭を縁取られ色がついてここにいる。

叶恵は美人……これ以上、思いつかない。否定されそうで。

そして、僕もまたあなたを色づけて行くことができるはず。

だから聞いてよ、僕が生きる理由を。


次の日曜日も、道弘は叶恵を呼び出した。

「俺の生きる理由を話すとね、ずっと母親が作るたらこパスタがおいしいと思っていたけど、弟二人は一心不乱に食べるだけで、おいしいとは言わない。十日くらい経ってお母さんの作るパスタおいしいよと言ってみたら、たらこパスタが三日続いた。すごくうれしかった。だから俺の作った料理で一人でも多くの人においしいと言ってもらいたい。」

「生きる理由ですか？　考えたことないです。私のうちは母が早くに亡くなって、父と二人暮らしです。実は今度、父からお見合いをすすめられてて……。すごくいやなんです。でも、父にもメンツがあるので無碍に断れなくて。」

「行かないで、なんて俺には言えない。叶恵ちゃんの幸せを願ってのことだと思うから。」

「……。」

その次の日曜日、叶恵はお見合いをした。

朝から美容院へ行って着物を着付けてもらい、きちんとメイクをして父のあとについていった。相手は父親の会社の後輩で、きれいなお庭の料亭の一室で待っているという。父が障子を開けて、きれいな和室に入った。続いて叶恵も入って見合い相手と思しき人の向かいへ座った。目と目が合った。その瞬間。

「こんな人とお見合いはできません！」

なんと座っていたのは、あのアイスがくっついた男性だった。

二人は同時に同じ言葉を放ち、しばらく見つめあった。するとどうだろう。二人の間になにかが壊れ、二人は、

「はははははは！」

と笑い出した。


次の日曜日。

やはり天気は雨だった。

道弘は東京タワーに叶恵を誘った。

「お見合いしたんだって？」

「はい。」

「俺さ、イタリアに行ってみようと思うんだ。」

「えっどうして？」

「俺、七年間、今の店でパスタ作ってるけど、イタリアの本場の味を知らないなって。」

「そんな、私はただ、オードリー・ヘップバーンにあこがれただけで！　本場って言っても、ひとつのお店しか行ってなくて。自分でパスタ作るのヘタで……。」

「いいんだよ、どんな理由でイタリアに行ったって。ただ、本場の味を知らないで作ってるってだけで、いても立ってもいられないんだよ。」

東京タワーの展望台から見える景色は一変し、だんだんと雲間から光が差し込んでくる。

それぞれの道を進み始める、二人を祝福するように。

「また会えるかな。」

それから、二人が会うことは二度となかった。

二人の目の前には、晴れわたった青空が広がるばかりだった。

小説のように

歌　ポルノグラフィティ
作詞　岡野昭仁
作曲　ａｋ・ｈｏｍｍａ
二〇〇四年十一月十日発売

あなたの好きな小説の中に
愛を壊してしまう悲しい二人が居たね
青空を見上げて二人は別の道を歩んだ
そんな結末に涙していた

嗚呼　僕らも小説のようになるの？
少しずつほころびて崩れ落ちそうになっている
繋ぎ合わせる愛はもう残らないの？
今流す涙にはそれと同じ結末が見えているんだろう

生きるという果てなき時間の中で
たくさんを学び知り僕が居る理由探す
今それを探せた　遅くはなってしまったけれど
確かな答えは今ここに

嗚呼　あなたに愛される事で
僕は輪郭を縁取られ色が付いてここに居る
そして僕もまたあなたを色付けて行く事が出来るはず
だから聞いてよ　僕が生きる理由を

嗚呼　今日の空は曇り空　その後は雨が降る
永遠に雨が降り続けばいいのに
あの小説は青空で終わっていた
間違った結末さ
だからお願いサヨナラは言わないで・・・

著者プロフィール
蔵前 ざくろ（くらまえ ざくろ）
1982年生まれ、蠍座。
東京都在住。
東海大学で環境問題について学び、卒業後、システムエンジニアになる。
退職後に子供の頃からの夢だった小説家をめざし、現在にいたる。

著書
『日記とブログ』（2013年、文芸社）

もしこの世が闇になっても、月はかがやく

2022年５月15日　初版第１刷発行

著　者　蔵前 ざくろ
発行者　瓜谷 綱延
発行所　株式会社文芸社
〒160-0022　東京都新宿区新宿1－10－1
電話　03-5369-3060（代表）
03-5369-2299（販売）

印刷所　神谷印刷株式会社

ISBN978-4-286-23419-9　JASRAC 出 2109801-101